1812

~~~~~

LETTRE D'UN CAPITAINE

DE CUIRASSIERS

SUR LA

CAMPAGNE DE RUSSIE

PUBLIÉE PAR

M.-J.-A. LÉHER

Professeur de philosophie au collège d'Autun

PARIS

CHEZ TOUS LES LIBRAIRES

POITIERS

30, RUE DE LA REGRATTERIE, 30

1885

1812

LETTRE D'UN CAPITAINE

DE CUIRASSIERS

SUR LA

CAMPAGNE DE RUSSIE

PUBLIÉE PAR

M.-J.-A. LÉHER

Professeur de philosophie au collège d'Autun

PARIS   POITIERS

CHEZ TOUS LES LIBRAIRES   30, RUE DE LA REGRATTERIE, 30

1885

PRÉFACE

~~~~~~~~~

Les historiens de la campagne de Russie (1812) n'ont point manqué de documents. Les papiers officiels, qui disent vrai quelquefois, les mémoires et les relations particulières leur ont été du plus grand secours. En puisant à ces sources avec sagesse et discrétion, ils ont su en tirer tous les détails de cette désastreuse expédition, et ont mis suffisamment en lumière les malheurs et l'héroïsme de notre armée.

Mais si beau, si exact, si pathétique que soit le récit de chacun d'eux, à notre avis, il le cède pour l'intérêt à celui des témoins oculaires. Ces derniers n'ont pas toujours les qualités qui font l'écrivain; mais, par le prestige que revêt à nos yeux quiconque raconte ce qu'il a vu, ils se rendent aisément maîtres de notre imagination; nous nous reportons de nous-mêmes à leur époque; nous nous attachons à leurs pas; nous les écoutons comme on écoute au foyer le vieux soldat qui raconte ses campagnes ; nous voyons ce qu'ils ont vu ; leur moindre impression nous fait tressaillir.

Tel est le charme qui émane du curieux document historique que nous présentons avec confiance au public. Cette pièce, pleine d'intérêt, est une lettre d'un officier de cuirassiers, capitaine dans la Grande-Armée. De retour à Hildesheim, il écrit à sa sœur pour lui donner sur lui-même et sur l'expédition des renseignements qui ne laisseront pas le lecteur indifférent. La lettre n'était pas destinée au public, et l'auteur était loin de se douter qu'à trois quarts de siècle de là elle serait livrée à l'impression. Aussi n'a-t-il aucune prétention au titre d'écrivain ; il raconte les événements au courant de la plume, y mêlant le récit de ses souffrances personnelles et l'expression de ses sentiments d'affection pour une sœur tendrement aimée.

En général, les correspondances des officiers des armées impériales sont loin d'être sans valeur, et chacun sait qu'elles ont fourni aux historiens des campagnes de l'Empire plus d'un renseignement utile. Thiers notamment, qui a eu sous les yeux un grand nombre de relations inédites de ce genre, en a fait largement son profit et a montré plus d'une fois, dans les notes de son Histoire du Consulat et de l'Empire, l'importance qu'il y attachait. Si celle que nous publions vient trop tard pour servir à l'édification de l'histoire, au moins servira-t-elle pour le contrôle. L'auteur y montre une âme élevée, un jugement sain, et son témoignage est d'accord avec celui des historiens.

Nous avons pensé, en outre, que notre brochure pourrait être utile à ceux qui, n'étant pas versés dans l'histoire, voudraient connaître sans trop d'études la campagne de Russie et l'embrasser dans son ensemble. Elle a le mérite d'en être un résumé clair et succinct, et présente en même temps une qualité rare pour un résumé, celle de n'être empruntée à personne, d'être d'une originalité sincère et incontestable. Car le récit tel quel de notre capitaine ne doit rien à autrui, c'est au contraire l'œuvre d'un de ceux qui se firent les premiers historiens de la funeste expédition.

Nous n'avons aucun doute sur l'authenticité du document que nous publions et qui nous appartient. L'écriture même du manuscrit porte sa date avec elle; nous y retrouvons, en outre, le style un peu prétentieux de l'époque. Toutefois, comme nous n'avons point la fin de la lettre, il nous manque la signature du capitaine, nous nous proposons de rechercher son nom ultérieurement.

Voici d'ores et déjà ce que nous savons :

On lit en note marginale, à la troisième page du manuscrit : Fait par moi Jean Bréaut des Marlots. Ces mots ont quelque ressemblance avec l'écriture du texte et paraissent être de la même main ; mais ils ne sont pas de la même époque, car ils dénotent un vieillard, tandis que celle-ci accuse un homme jeune et vigoureux. On peut supposer que la lettre sera revenue, peut-être après la mort du destinataire, aux mains de l'officier, qui, vivant de souvenirs et attachant avec raison un prix considérable à ce qu'il avait autrefois écrit à sa sœur, aura mis en marge cette signature.

Les Marlots sont un hameau de la commune de Boutry (Nièvre), et le manuscrit a été trouvé dans les papiers d'un ancien curé de cette commune, qui s'appelait Hurlaut, était originaire de Soulaines (Aube), et est mort en 1850 curé de Courcelles (Nièvre). Il eut pour gouvernante une demoiselle Manette, qui ensuite s'est faite religieuse. Cette Manette est probablement la sœur de notre capitaine. C'est donc soit aux Marlots, soit aux environs de Soulaines (car le curé dont nous parlons pouvait avoir choisi une gouvernante dans son pays d'origine), que nous devons faire des recherches. Quelques expressions de la lettre qui tiennent « au parler » de ces deux départements peuvent servir à justifier notre assertion.

Nous avons respecté scrupuleusement le texte du manuscrit et avons laissé toutes les incorrections de l'original,

1.

*ne nous permettant pas même de recti-
fier quelques phrases obscures ou incom-
préhensibles. Nous avons aussi trans-
crit les noms propres tels qu'ils étaient,
quitte à donner dans les notes une
orthographe plus conforme à notre
usage. Il y a dans le texte quelques
erreurs de dates, erreurs légères et par-
donnables pour un homme qui fait
appel à ses souvenirs; nous les avons
laissées subsister, nous contentant de
les rectifier au bas des pages. En un
mot, nous avons voulu que le lecteur
eût la reproduction fidèle de l'original,
afin de pouvoir juger en connaissance
de cause l'œuvre et l'auteur.*

M.-J.-A. L.

Poitiers, le 8 avril 1885.

N. B. — *Il nous a paru inutile de dresser
une carte pour les lecteurs qui voudraient suivre
le capitaine étape par étape. Son itinéraire paraît
avoir été celui de Murat; il est probable qu'il fit
partie de la réserve de cavalerie commandée par
le roi de Naples.*

LETTRE

SUR LA

CAMPAGNE DE RUSSIE

Hildesheim, le..... 1813 (1).

MA CHÈRE SŒUR,

E viens de recevoir ta lettre. J'étais alors occupé à exercer les débris du régiment lorsqu'elle m'est parvenue. Le plaisir qu'elle m'a fait a été remarqué de tous les officiers et cuirassiers, et comme je suis de semaine

---

(1) Nous ne savons pas dans quel mois fut écrite cette relation de la campagne de Russie, mais on peut faire remarquer que l'auteur ne dut pas être de retour à Hildesheim avant le milieu de février 1813. En outre, il re-

pour la police, j'en ai profité pour leur donner la liberté. J'ai renvoyé tout le monde en leur disant qu'ils te devaient ce jour de repos ; va, je suis sûr que je ne suis pas le seul qui boirai à ta santé. Combien je t'ai causé d'inquiétude, ma chère sœur ! je vois ton cœur me suivre partout ; les périls ne t'effraient pas. Ces expressions ne peuvent sortir que d'une âme aimante comme la tienne. Ah ! ma Manette, je te paie d'un sensible retour, crois-le, je t'en prie ; ne porte pas de doute sur mon cœur, il a toujours été et sera à jamais à toi. Tu lui as pourtant porté un trait cruel dans ta dernière lettre. Pourquoi as-tu dit cela ? je tremble de le transcrire : « *Ta sœur est une femme obs-*

marque dans un passage de sa lettre qu'il ne peut souffrir de feu dans sa chambre ; il faut donc supposer qu'on était encore dans une saison à faire du feu, au mois de mars, tout au moins. C'est donc vers le mois de mars probablement qu'elle aura été écrite.

cure, ne rougiras-tu pas de sa classe ? »
Et tu dis après cela que tu connais
mon cœur ! O Manette ! non, tu ne le
connus jamais. Car si tu avais seulement pu un peu y lire, le tien est trop
bon pour pousser la cruauté à ce point.
Profiteras-tu de l'avantage que tu as
seule sur moi pour me faire répandre
des larmes ? Car ni le malheur, ni les
privations, ni les souffrances, ni les
blessures, ni la vie, ni la mort ne peuvent rien sur mon caractère militaire.
Le malheur des autres a aussi le pouvoir de l'émouvoir ; mais je suis insen-
sible au mien : semblable à un rocher
au milieu des flots, je brave les tem-
pêtes et je conserve ma gaîté, quand
la douleur l'enlève aux autres.

Nous sommes à Hildesheim (1),

(1) Hildesheim, ville de Prusse (province
de Hanovre), à 26 kilomètres S. O. de Hanovre. L'archevêché sécularisé d'Hildesheim
appartint, de 1807 à 1814. au royaume de
Westphalie, et fut donné au Hanovre en 1815.

notre ancien cantonnement. J'ai revu
ce pays avec plaisir, parce que j'y ai
de bons amis qui m'y ont fait passer
des jours bien agréables. Ils sont ve-
nus me voir pour m'inviter à en faire
encore autant ; ils ont vu avec peine que
j'avais perdu les instruments de mes
plaisirs (mon fusil et mon chien). Le
lendemain, j'en reçus de toute espèce
qu'on me pria de regarder comme les
miens. J'en profite, car il me faut un
grand exercice après d'aussi grandes
fatigues. Je vais maintenant te dire
comment je suis ici. Je crois t'avoir
dit que j'avais tout perdu en Russie.
Que cette perte ne t'effraie pas, j'y ai
déjà remédié. Me trouvant, comme les
autres, démonté, j'ai songé à acheter
des chevaux. Sans argent et en route,
diras-tu, il est bien difficile. Eh bien !
j'ai acheté les trois chevaux du major,
qui devait partir incessamment pour
la France. Je prévoyais ce qui est
arrivé, le voici : étant arrivés à Bruns-

wick (1), on reçut ordre de former avec les débris du régiment les cadres de trois compagnies ; qu'aussitôt qu'elles seraient complétées en hommes et en chevaux, elles partiraient pour l'armée; que tous les autres iraient à Mayence. Les trois premiers capitaines devaient rester de droit; mais il y en avait un qui était à pied, et moi, quoiqu'étant le dernier, je forçai mon tour en me montant, ce que j'observai au général : que je n'avais pas acheté des chevaux pour aller au dépôt, que moi et mes chevaux étaient

(1) Brunswick, ville capitale du duché de ce nom. Après la paix de Tilsitt, en 1807, le Brunswick fut incorporé au royaume de Westphalie, et ne recouvra son indépendance qu'en 1813. — En ce qui concerne la réorganisation de la Grande-Armée, ou plutôt la formation des cadres des nouvelles compagnies avec les débris des régiments qui avaient pris part à la campagne de Russie, on peut consulter Thiers, *Histoire du Consulat et de l'Empire*, tome XV, pages 215, 250, 252.

capables d'entrer en campagne dès le
lendemain. Voici maintenant comment
je me suis remonté et rééquipé : le
major, comme je t'ai dit, m'a vendu
ses chevaux sur ce qui m'était dû de
mes appointements. A mon arrivée
au petit dépôt du régiment, à El-
bengue (1), j'y ai trouvé un portemanteau qui m'a fait changer, fort
heureusement, car il y avait sept se-
maines que je n'avais changé de che-
mises. Ici, à Hildesheim, on a vendu
les effets des officiers morts ou prisonniers. J'ai acheté ce qui me man-
quait à très bon compte. Je ne dois
pas pour la peine d'en parler, quoique
cependant j'aie perdu dans un jour
deux cent cinquante louis, sept chevaux, dont un quelques jours aupa-

(1) Elbing, ville de la Prusse Occidentale.
Elle est située à 80 kilomètres E. S. O. de
Dantzick, sur la rivière de son nom, près de
son embouchure dans le Frische-Haff.

ravant on m'en offrait onze cents francs, et ce n'était pas mon meilleur. J'avais quelques bijoux que j'avais eu pour peu de chose, et qui étaient de grande valeur, vingt-deux livres d'argent pesant, malle garnie, portemanteau, etc. J'avais trouvé cet argent sur la route, abandonné par les cantiniers qui ne pouvaient plus emmener leurs voitures. Observe que dans la perte que j'ai faite, je n'y comprends point cet argent. Juge d'après cela! Mais tout a été pris ou pillé, et heureux encore celui qui, ayant été dans ce maudit pays, a pu y sauver sa personne!

Je vais te donner un petit journal de ce qui m'est arrivé dans cette maudite campagne, les dates, les noms des villes et des rivières. Je ne serai peut-être pas trop exact, mais je dédommagerai l'ouvrage par la vérité des faits que je vais écrire. Je vais passer légèrement sur mon entrée dans la Tis-

nanie Russienne (1). Nous sommes
partis de nos cantonnements de Hildesheim, le 28 février 1812 (2). Le jour
du départ j'ai reçu mon brevet d'adjudant-major avec une lettre très flat-
teuse du général Beurnonville par laquelle il m'apprenait, avec son intérêt
ordinaire, qu'il se faisait un plaisir de
m'annoncer que je serais bientôt capitaine, ce qui a été ; car à Freys-
tadt (3), deux mois après, le colonel
me remit ma nomination. J'ai reçu
avec indifférence cette promotion :
j'étais bien avec mon colonel, et cette
place convenait à mon caractère bouil-

(1) Tisnanie. C'est la Posnanie. (Il semble
qu'il faudrait Prussienne et non Russienne.)

(2) Les négociations au sujet de la paix ne
furent pas rompues à cette date ; elles durè-
rent jusque dans les premiers jours de mai.
(*Voir* de Ségur, *Histoire de Napoléon et de la
Grande-Armée pendant l'année 1812*, t. I,
p. 93 et 94.)

(3) Freistadt, ville de Silésie, à environ
40 kilomètres N. O. de Glogau.

lant. Cependant après j'ai jugé l'affaire plus froidement et je suis parti avec joie prendre le commandement de la compagnie qui m'était assignée. Je connaissais les officiers de ma compagnie, leur caractère froid ne sympathisait pas avec le mien, j'ai fait un effort pour me les attacher, tout le demandait, d'abord mon intérêt propre, ensuite celui de mes soldats et le plaisir de vivre avec des amis. J'ai réussi, et je m'en suis bien trouvé. Enfin le régiment se mit en marche pour Tuelt Elon (1), où il resta une dizaine de jours. J'employais mon temps à aller à la chasse aux cygnes qui y abondaient. Les premiers jours de juin nous quittâmes ce pays pour aller à Pruse-Élau (2), petite ville re-

(1) Ce doit être Preuss-Holland, ville de la Prusse Orientale, à 19 kilomètres S. E. de Elbing.

(2) Pruse-Élau. C'est Preussich-Eylau, ville de la Prusse orientale. Cette épithète de

marquable par cette fameuse bataille
qui s'y donna, en 1806, contre les
Russes. J'étais logé à un quart de
lieue d'elle, dans un charmant château.
Tout y respirait l'air de la saison :
un jardin magnifique; un lilas ré-
pandait une odeur sentimentale qui
me rappelait celui de notre jardin.
Nous mangions sous la cabane de
lilas. La brillante musique du régiment n'avait pas oublié que j'avais été
adjudant-major (car elle est sous la
surveillance de l'adjudant-major). Elle
venait trois ou quatre fois par semaine
nous enivrer de sons mélodieux. Là
je restai quinze jours, puis je quittai
ce pays enchanteur. Nous ne nous

Preussich sert à la distinguer de Deustch-
Eylau, en Prusse Occidentale. Elle est située
sur le Pasmar, à 35 kilomètres S. S. E. de
Kœnigsberg. La fameuse bataille contre les
Russes et les Prussiens s'y donna les 7 et
8 février 1807, et non en 1806, comme l'a
écrit l'auteur de la lettre.

sommes plus arrêtés que l'autre côté de Moscou.

Nous avons passé le Niémen (1) ou Mémel le 24 juin à deux heures après midi. Cette rivière sépare la Lithuanie Prussienne d'avec la Russienne ou ancienne Pologne. Ce jour j'ai pensé

(1) Le Niémen ou Mémel, fleuve de la Russie d'Europe, prend sa source près de Neswich, au S. O. de Minsk, arrose Grodno, Kowno, Tilsitt (où eut lieu le 25 juin 1807 l'entrevue de Napoléon et d'Alexandre), et vient en Prusse se jeter dans la Baltique par le Kurische-Haff, après un cours de 830 kilomètres, navigable sur 750. Il fut franchi sur trois ponts situés à 100 toises l'un de l'autre, et établis à une lieue et demie au-dessus de Kowno, vers un endroit appelé Poniémon. L'ardeur montrée par les troupes lors du passage du fleuve était si grande que deux divisions d'avant-garde, se disputant l'honneur de passer les premières, furent près d'en venir aux mains, et qu'on eut quelque peine à les calmer. (*Voir* Thiers, *Histoire du Consulat et de l'Empire*, t. XIII, p. 570, 571 ; de Ségur, *Histoire de Napoléon et de la Grande-Armée*, t. I, p. 146, 150.)

que c'était la fête de notre bon et aimable père : je levai les yeux vers le séjour heureux qu'il habite et lui demandai sa bénédiction. Il a entendu ma voix, il m'a béni..... J'oubliais de te dire que nous avons commencé à bivouaquer le 19 juin, mais c'était un plaisir, il faisait si beau! Le 25 nous avons passé à Cauomau (1), (petite ville); la garde impériale passait la rivière au son des instruments de musique (hélas! bientôt on va leur percer le flanc). Le 28 nous arrivâmes à Vilna, ville grande et magnifique, située sur la Visia (2). Nous continuâmes toujours notre marche, sans livrer le moindre combat, jusqu'au 17 juillet. Le 21 nous avons pris Diézna

(1) Kowno, ville de la Russie d'Europe, chef-lieu du gouvernement de son nom, au confluent du Niémen et de la Wilia.

(2) Vilna ou Wilna est située sur la Wilia, affluent du Niémen.

sur la Duna (1); le 22, Pallas (2); le
23, Ula (3); le 24, Wittusithe (4). Cette
dernière fut brûlée pendant que nous
étions auprès, le 25, à Ostravo (5), où
il fut donné une bataille des plus

(1) Dissna, sur la Duna, ou Dwina occidentale. Le 20, le roi de Naples se rendit à
Dissna. (Voir *Victoires, conquêtes, désastres,
revers et guerres civiles des Français, de 1792
à 1815*, t. XXI, p. 153.)

(2) C'est Polotsk, sur la Duna.

(3) Ula, Oula, petite ville dans le voisi-
nage de laquelle la Dwina offre un gué très
facile à franchir.

(4) Cette ville n'est pas sur les cartes, mais
d'après la position qu'elle devrait occuper, on
peut penser que c'est Beschenkowiczy qui est
désignée ainsi.

(5) Ostrowno. On combattit à Ostrowno
les 25 et 26 juillet. La cavalerie française,
sous les ordres de Murat, se conduisit d'une
façon brillante. Le 25, les Français firent
7 ou 800 prisonniers et mirent 12 ou 1,500
hommes hors de combat. Le 26, les Russes
perdirent environ 2,000 hommes. (Thiers,
t. XIV, p. 134 et suiv.; de Ségur, t. I, p. 200
à 206.)

grandes et en même temps des plus mé-
morables. Elle commença à 7 heures
du matin ; là, nous restâmes au milieu
du feu des pièces jusqu'à 6 heures 1/2
du soir. Nous avons pris à l'ennemi
quatorze pièces de canon. Le roi de
Naples et le vice-roi d'Italie y comman-
daient en personne. Ensuite nous avons
passé le reste de la nuit, bivouaqué
sur le champ de bataille ; puis, le 28, à
Witepsk (1), et ainsi de suite, revenant
toujours et nous trouvant sans cesse
sous le feu de l'ennemi. De là il se
donna une grande bataille à Smolensk (2). Ensuite nous continuâmes

(1) Witebsk est située sur la Dwina. Le
27 juillet, notre armée soutint un combat
devant cette ville. (Thiers, t. XIV, p. 141.)
(2) Smolensk est située sur la rive gauche
du Dniéper, à 415 kilomètres E. S. O. de
Moscou. Il s'agissait d'enlever cette ville aux
Russes. Napoléon donna le signal de l'at-
taque le 17 août, entre 10 et 11 heures du
matin. Le combat fut acharné ; à la chute du
jour, nos troupes se trouvèrent maîtresses des

notre route jusqu'au 6 septembre,
toujours en combattant. La cavalerie
chargeait sans cesse l'ennemi pour
lui faire abandonner ses postes. Le
7 arriva la bataille de Moscva (1), la

faubourgs. Les Russes s'étaient réfugiés dans
l'enceinte intérieure, et l'on se préparait à
leur livrer un assaut le lendemain matin,
mais pendant la nuit ils évacuèrent la ville
après l'avoir incendiée. (Thiers, t. XIV, p. 213
et suiv.). La bataille de Smolensk coûta aux
Russes plus de 4,000 morts et 7,000 blessés,
les Français eurent 1,200 morts et 3,000 blessés. (*Victoires, conquêtes, etc.*, t. XXI, p. 189.)

(1) Bataille de la Moskowa. Elle est désignée par les Russes sous le nom de Boro-
dino, village situé à 115 kilomètres de Moscou, et qui fut leur centre de position. Napoléon lui donna celui de la Moskowa, rivière qui passait à une lieue et demie du
champ de bataille, et qui arrose Moscou. Les
Russes étaient au nombre de 140,000, les
Français 127,000. Vers cinq heures et demie
du matin, un coup de canon tiré par une de
nos batteries fut le signal de la bataille, qui
dura jusqu'à la nuit. Nous eûmes 47 généraux et 37 colonels tués ou blessés, les
Russes à peu près autant. L'ennemi eut

plus terrible que j'ai jamais vue. Les Russes ont laissé sur le champ de bataille 40,000 hommes et 40 généraux. Les Français n'ont pas perdu la moitié. Le régiment n'a pas fait de charge, mais aussi il a resté cons-

60,000 hommes hors de combat, tandis que de notre côté on en compta 30,000 environ : 9 à 10,000 morts et 20 à 21,000 blessés. Quoique victorieux d'une manière incontestable, Napoléon, comme Thiers le fait remarquer, éprouva un certain embarras à raconter son triomphe. Autrefois, pour quelques mille morts, il avait à annoncer 30 ou 40,000 prisonniers, quelques centaines de canons et de drapeaux enlevés. A la Moskowa, on fit à peine 800 prisonniers, on ne prit pas de drapeaux et on ne ramassa qu'une vingtaine de canons brisés ; seulement 60,000 ennemis morts ou mourants couvraient le terrain. Aussi dans ses bulletins et dans ses lettres ne dit-il pas tout : « J'évalue, écrit-il » à l'empereur d'Autriche, François Ier, la » perte de l'ennemi à 40 ou 50,000 hommes, » il avait de 120 à 130,000 hommes en ba- » taille. J'ai perdu 8 à 10,000 tués ou bles- » sés. J'ai pris 60 pièces de canon et fait un

tamment sous le boulet, l'obus et la mitraille. Nous sommes restés à neuf files de l'escadron dont je faisais partie. Partout on ne voyait que mourants ou morts. Deux fois pendant la bataille je suis allé passer la revue des visages des cuirassiers de ma compagnie pour connaître les braves. J'ai été assez content d'eux. Je leur en ai fait part sur le terrain. En allant féliciter un jeune officier de sa bonne contenance (M. de Gramont), je vis de terribles choses. Comme il me disait qu'il n'avait pas à se plaindre, et qu'il voudrait seulement avoir un verre d'eau, vient un boulet, lorsqu'il avait à peine parlé, qui le partage en deux. Je me retourne près d'un autre officier et lui dis que je regrettais fort ce pauvre

» grand nombre de prisonniers. » (*Voir* Thiers, t. XIV, p. 319 à 351 ; de Ségur, t. I, p. 393 à 426 ; *Victoires, conquêtes, etc.*, t. XXI, p. 200 à 214 ; *Correspondance de Napoléon Ier*, t. XXIV, p. 241.)

M. de Gramont. Avant qu'il me répondit, son cheval reçut un coup de canon qui le tua. Enfin cent autres choses ; je donnai mon cheval à tenir une demi-minute, le cuirassier qui le tenait a été renversé mort. J'étais couvert de terre que les obus m'avaient jetée, cependant je n'ai pas reçu la moindre égratignure. Voici ce qui me donnait le calme si nécessaire. Je me disais : « C'est une loterie, si tu en reviens, il faut toujours mourir ; préfères-tu vivre déshonoré ou mourir avec honneur ? » Le choix m'était facile. Quand on se sabre, quand on est en mouvement, le feu qui vous anime ôte toute espèce de réflexion. C'est souvent un jeu de barres. Mais voir la mort presque certaine, l'attendre pour mieux dire, n'être entouré que d'êtres morts ou expirants, c'est souvent au-dessus de la force humaine, et la philosophie seule, je crois, a le pouvoir de nous mettre au-dessus de

ces misères en nous montrant le néant
de notre être. Le méchant n'est jamais un bon soldat, les remords
étouffent son courage; il ne peut être
bon que pour un coup de main,
charges, etc., j'en ai vu bien souvent
les preuves. Tout ceci nous prouve que
tous les hommes ont une conscience
plus ou moins délicate, que personne
ne peut entièrement l'étouffer. Elle
renaît à la vue d'un grand danger :
c'est la voix de Dieu, c'est la plus
grande preuve de son existence.

Le lendemain (1), nous prîmes la
route de Moscou. Jusqu'au 14 septembre il n'y eut rien de remarquable;
l'ennemi abandonnait ses postes sans
la moindre résistance. Cependant je
dois t'observer que le 12 septembre

---

(1) Le lendemain de la bataille de la Moskowa, le 8 au matin, l'avant-garde française,
sous les ordres du roi de Naples, s'était mise
à la poursuite de l'ennemi. (Voir *Victoires,
conquêtes, etc.*, t. XXI, p. 218.)

2.

tout le malheur qui est arrivé à l'armée
m'a été prédit par un officier de la
garde russe (1) envoyé en ambassade
parlementaire par son général en chef.
J'ai causé près de deux heures avec

(1) Des messages étaient fréquemment
échangés entre l'armée russe et l'armée française. Le 14, par exemple, le général Milo-
radowitch, qui commandait l'arrière-garde
des Russes, imagina de conclure une con-
vention verbale avec l'avant-garde française,
proposant de s'interdire toute hostilité tant
dans l'intérêt de ceux qui entraient à Moscou
que de ceux qui en sortaient. Si un combat,
disait-il, s'engageait, il était décidé à se
défendre à outrance, et, dans ce cas, la ville
serait en flammes en peu d'instants. Un officier fut envoyé auprès de Murat pour conve-
nir de cette espèce de suspension d'armes; il
fut parfaitement accueilli et obtint ce qu'il
demandait, car on n'avait pas la moindre
envie de mettre le feu à Moscou. On mit
comme condition que l'armée russe conti-
nuerait sans s'arrêter un instant à défiler à
travers la ville. Les premières troupes fran-
çaises qui entrèrent dans Moscou se mêlèrent
quelques instants avec les Russes qui en sor-

lui. Après nous être dépouillés de tout esprit de parti, sans nous compromettre, nous causions en amis. Nous nous demandâmes réciproquement ce que nous pensions de la guerre. Il me dit : « Nous savons aussi bien que vous que nous serons battus ; nous n'espérons de salut que dans l'hiver qui nous dédommagera amplement. L'hiver et la faim, me dit ce prophète, seront des armes contre lesquelles votre courage succombera. Croyez-moi, me dit-il, je connais le climat de mon pays, je souhaite qu'il n'exerce pas ses influences malignes sur vous. » J'ai raconté ces choses-là à plusieurs de mes amis, et la suite nous a trop bien prouvé malheureusement qu'il avait dit la vérité. Revenons sur la route de Moscou qui est

taient. (*Victoires, conquêtes, etc.*, t. XXI, p. 225 ; Thiers, t. XIV, p. 368, 370 ; de Ségur, *Histoire de Napoléon et de la Grande-Armée*, t. II, p. 37.)

un chef-d'œuvre de l'art. On peut
marcher à dix voitures de front (1).
De chaque côté il y a deux rangées
d'arbres très hauts entre lesquels il y
a un chemin pour les personnes à pied.
Ces arbres ressemblent beaucoup aux
saules pleureurs ; ils préservent en été
des fortes chaleurs par leur ombrage
hospitalier, et en hiver ils servent de
guide quand la neige remplit les pré-
cipices qui sont fréquents, en confon-
dant le ciel avec la surface de la terre.
Enfin le 14, à midi, nous aperçûmes
cette capitale du monde. Nous éprou-
vâmes tous à sa vue un certain je ne
sais quoi que j'ai déjà ressenti souvent et que je ne puis définir (2) :

(1) Lorsque l'armée se trouva obligée de
quitter Moscou, les voitures marchaient huit
de front dans la large avenue de Kalouga.
(*Voir* Thiers, *Histoire du Consulat et de l'Empire*, t. XIV, p. 463.)
(2) Voici, d'après Thiers, l'aspect que Moscou dut offrir aux regards de notre armée :
« Enfin, arrivée au sommet d'un coteau,

c'était si loin de mon pays! Nous croyons aussi que c'était le terme de nos maux; je n'ai pas été long dans cette croyance. A deux heures après

» l'armée découvrit tout à coup au-dessus
» d'elle, et à distance assez rapprochée, une
» ville immense, brillante de mille couleurs,
» surmontée d'une foule de dômes dorés
» resplendissants de lumière, mélange sin-
» gulier de bois, de lacs, de chaumières, de
» palais, d'églises, de clochers, ville à la fois
» gothique et byzantine, réalisant tout ce
» que les contes orientaux racontent des
» merveilles de l'Asie. Tandis que des mo-
» nastères flanqués de tours formaient la
» ceinture de cette grande cité, au centre
» s'élevait sur une éminence une forte cita-
» delle, espèce de Capitole où se voyaient
» à la fois les temples de la Divinité et les
» palais des empereurs, où au-dessus des
» murailles crénelées surgissaient des dômes
» majestueux, portant l'emblème qui repré-
» sente toute l'histoire de la Russie et toute
» son ambition, la croix sur le croissant ren-
» versé. Cette citadelle, c'était le Kremlin,
» ancien séjour des czars. » A la vue de
Moscou, les soldats oublièrent un instant
leurs souffrances et les dangers qu'ils avaient

midi nous sommes arrivés près des
portes de Moscou sans résistance.
L'empereur était là, à pied, dans son
quartier général, et attendait les clefs
qui devaient être apportées par les
principaux de la ville. Mais point du
tout, la ville était en partie aban-
donnée ; il n'y restait qu'une mauvaise
populace et peut être une vingtaine de
mille Russes qui étaient chargés de la
brûler. A trois heures moins un quart,
nous sommes entrés en ville (1) et

courus pour ne songer qu'à la gloire de l'expédition qu'ils venaient d'accomplir et à la
considération qui les attendait au retour de
leur merveilleuse conquête. Puis ils croyaient
que c'était là le terme de leurs travaux, qu'ils
allaient enfin s'arrêter. (Thiers, *Histoire du
Consulat et de l'Empire*, t. XIV, p. 370 et 371;
de Ségur, *Histoire de Napoléon et de la Grande-
Armée*, t. II, p. 34 et suiv.)

(1) Sans doute à la suite de Murat, qui y
entra le premier (Thiers, t. XIV, p. 371), le
14 septembre, à une heure de l'après-midi.
Murat traversa la ville et sortit par la bar-
rière de Kolumna. (*Victoires, conquêtes, etc.*,

avons été cinq heures pour la traverser
sans nous arrêter; cela prouve suffisamment sa grandeur. Le soir nous
avons bivouaqué à trois quarts de lieue
de la ville et y avons resté deux ou
trois jours. Le lendemain j'y fus passer
une partie de la journée; le feu était
déjà dans plusieurs quartiers, cependant je m'y suis assez amusé. J'étais
tombé dans une maison française
d'origine où d'aimables dames me
reçurent avec accueil, ou du moins
apparent; j'en ai profité sans chercher
à pénétrer leur cœur. Je crois cependant ne leur avoir pas déplu, car la
ville était au pillage, et dans ce cas on
doit se trouver heureux d'avoir chez
soi un officier. Je priai ces dames,
qui parlaient très bien français, de me
mettre un peu au courant des usages

t. XXI, p. 218, 219.) Il s'engagea sur le
chemin de Voladimir et d'Asie. (De Ségur,
t. II, p. 44.)

russes, ce qu'elles firent avec beaucoup de plaisir.

La ville de Moscou était grande et belle, pas aussi uniformément bâtie que Paris, mais beaucoup plus grande et ayant au moins cinq cents palais plus que Paris, des magasins immenses : il y avait pour nourrir l'armée pendant deux ans sans rationner les habitants, et si les Russes n'avaient pas brûlé leur capitale, nous y serions encore. L'empereur était logé au Kremlin : c'était le château impérial. Il est séparé de la ville, quoiqu'à peu près au milieu : il est composé au moins de cinq cents maisons (1). Lors

(1) Moscou paraissait composée de quatre villes concentriquement placées les unes dans les autres : d'abord au centre même, sur une éminence, et au bord de la Moskowa, le Kremlin, environné de tours antiques et rempli d'églises dorées; au pied du Kremlin, la vieille ville, dite ville chinoise, renfermant l'ancien et le vrai commerce russe, celui de l'Orient; puis tout autour et enveloppant la

de l'évacuation des Français, on l'a
fait sauter avec tous ses magasins,
avec trente barriques de poudre (1);
la commotion a été terrible, c'était

précédente, une ville large, espacée, brillante
de palais, dite la ville blanche; puis enfin,
les englobant toutes trois, la ville dite de
terre, mélange de villages, de bosquets, d'é-
difices nouveaux et imposants, et ceinte d'un
épaulement en terre. (Thiers, *Histoire du
Consulat et de l'Empire*, t. XIV, p. 377,
378.)

(1) L'incendie de la ville de Moscou fut dû
à un acte de patriotisme farouche de son
gouverneur Rostopchin. Dans cet incendie,
le feu se communiqua plusieurs fois au
Kremlin, mais nos soldats parvinrent toujours
à en arrêter les ravages. Napoléon, que l'on
avait forcé à s'en éloigner, en reprit posses-
sion et y resta jusqu'au 19 octobre. En le
quittant, il écrivit une lettre au maréchal
Mortier, où il dit : « Un chef de bataillon
» d'artillerie est chargé d'incendier le Krem-
» lin en cas d'ordre; qu'il étudie bien sa
» besogne. » (Lettre au maréchal Mortier,
Correspondance, t. XXIV, p. 318.) Le 20 octobre, écrivant au prince de Neuchâtel, il le

3

comme un tremblement de terre, et juge combien de monde y ont péri ! Le peuple s'y pressait en foule pour piller les magasins. Nous voilà de nouveau en marche et nous repassons dans cette ville en feu ; mon manteau s'en souviendra. Nous prenons la route d'Astrakom, qui était celle de Gazan (1). De là je t'ai écrit, c'est-à-dire j'ai fini ma lettre. Le lendemain, j'ai failli être brûlé et noyé dans les mêmes jours. J'ai dû mon salut à la course qui a manqué de me faire périr le même jour. Nous étions bivoua-

prie de donner l'ordre à Mortier de faire sauter le Kremlin le 22 ou le 23, et de venir ensuite le rejoindre à Koubinskoïé. (*Correspondance*, t. XXIV, p. 323.) Le Kremlin sauta le 23, à trois heures du matin. (26ᵉ bulletin, *Correspondance*, t. XXIV, p. 336.)

(1) Kazan est située à 900 kilomètres E. de Moscou. La cavalerie de Murat obliqua, en effet, à l'est, en cherchant les traces de l'armée russe.

qués près d'un village et le temps était
affreux, il pleuvait à seau., Le général
permit aux capitaines seulement d'aller s'établir chacun dans une maison
du village. J'en profitai avec plaisir,
vu que j'avais une forte diarrhée (1).
Toutes les maisons des paysans en
Russie sont bâties les unes comme
les autres, toutes en bois de sapin
ou pin. Ce sont des arbres en travers
ou couchés les uns dans les autres.
On ne fait du feu que dans un four
qui sert à chauffer un gros poële bâti
en terre. Il n'y a point de cheminée,

(1) Au début de la campagne, dès le
28 juin, les pluies d'orage et la mauvaise
nourriture firent naître la dyssenterie parmi
nos troupes. La disette de pain avait forcé le
soldat à faire un usage immodéré de viande;
il était résulté de l'abus de cette nourriture
une dyssenterie à laquelle peu d'individus
échappèrent; les généraux eux-mêmes en
furent atteints. (Henri Martin, *Histoire de
France depuis 1789*, t. III, v. 451; *Victoires,
conquêtes, etc.*, t. XXI, p. 181.)

la fumée sort par un trou qui se trouve
à la hauteur d'une petite croisée. Par
ce moyen, la chambre se trouve toujours à moitié remplie de fumée : cela
n'incommode pas ceux qui ont une
certaine taille. Enfin, pour en venir à
ce que je voulais te dire, mes domestiques ou cuirassiers avaient profité
de l'avantage qu'on me donnait pour
bien se chauffer ; ils avaient fait rougir
le four , après vont se coucher à l'é-
curie qui était un peu éloignée ; moi je
m'étendais sur une botte de paille qui
m'était préparée. Sur les deux heures
du matin, ma maladie se fit sentir et
me réveilla ; la chambre était en feu !
Tu sais que le bois de pin contient la
résine et qu'une fois échauffé rien ne
peut l'éteindre, il prend comme la
poudre. La fumée me refait tomber en
m'étouffant ; je me traine, la figure en
bas, contre la porte ; je ne pouvais l'ouvrir. J'appelle mes domestiques ; enfin
on arrive et me sauve en ouvrant la

porte. Si j'avais dormi une demi-minute de plus, tu n'aurais plus de
frère. Le matin de cette mauvaise nuit,
le régiment reçut l'ordre de se di-
riger sur la route de Kalouga (1); il
fallait passer une rivière au gué (2).
Encore une fois cette maudite diarrhée !
et comme c'est incommode avec la
cuirasse, sabre, etc. ! Je suis obligé
d'arrêter avant de passer cette rivière. Le régiment de cuirassiers de la
cinquième division suivait immédiatement notre régiment et passait la
rivière par file lorsque je montais à
cheval. J'ai voulu rattraper de suite
mon régiment et passais en doublant

(1) Kalouga est située à 180 kilomètres
S. O. de Moscou. Nous avons déjà parlé de
la route de Kalouga à Moscou.
(2) Probablement la Pakra, rivière qui
contourne Moscou et se jette dans la Moskowa. Murat la franchit sur les traces de
l'armée russe pour prendre l'ennemi en flanc,
alors même qu'il cherchait à nous tourner.
(*Voir* Thiers, t. XIV, p. 403, 404, 405.)

l'allure à côté des autres : mon cheval se jette dans un précipice où plus de trois cents ont péri dans cette journée. Juge un peu ! j'avais ma cuirasse, mon sabre, ma capote et mon manteau parce qu'il gelait. La rapidité de la rivière me jette de suite à cinquante pas. On ne voyait que la tête de mon cheval et la mienne. Je dirige mon cheval sur les bords ; il ne peut sortir du gouffre étant trop escarpé : tous me croient péri. Moi seul ne perdais pas courage et ne songeais qu'au moyen de me sauver. Je fais tourner mon cheval contre les flots pour remonter où il était tombé; je l'aidais en frappant de la main sur l'eau, je ramais avec ; plutôt que de frapper mon cheval, je le rassurais. Enfin, je parvins dans un quart d'heure à sortir de ce trou, mais mon cheval n'en pouvait plus de fatigue. Ce n'est pas le tout, il faisait froid et pas de feu ! pas de maison ! et un grand vent !

Je prends un parti que la misère seule pouvait m'inspirer, celui de me déshabiller tout nu et d'attendre que mes habits soient secs. J'ai été ainsi deux heures à attendre, mais seulement trois quarts d'heure pour ma chemise. Je courais comme un fou pour m'échauffer. Mon beau cheval en a été malade ; pour moi, malgré que je fusse déjà indisposé, je ne me suis nullement senti de cette chute. Tu vois que mon tempérament est fort ; c'est ce que disent tous ceux qui me connaissent, qu'ils n'en ont jamais vu de pareil. Chère Manette, je suis le double mieux portant qu'il y a un an, et je suis plus fort qu'à vingt ans. Je ne ressens aucune douleur des fatigues de la guerre, au grand étonnement de mes amis. Mais je ne puis rester dans un endroit fermé ou chaud la nuit ni le jour; on ne fait pas de feu dans ma chambre, et je laisse presque toujours les croisées ouvertes (1). Après une telle campagne on doit reprendre ses habitudes bien doucement.

Revenons sur la route de Kalouga, à quinze lieues de Moscou. Les régiments étaient bien faibles par le manque de vivres, et les chevaux harassés sans cesse manquaient de fourrage et tombaient de fatigue (2). Il ne

(1) C'est sur ce passage de la lettre que nous nous sommes appuyé pour fixer approximativement la date à laquelle elle fut écrite.

(2) Au début même de la campagne, on eut de la difficulté à nourrir les chevaux, car avant même le passage du Niémen, si les vivres furent suffisants, les fourrages, moins portatifs, manquèrent, et les cavaliers furent forcés de couper les seigles verts et de dépouiller les maisons de leurs toits de chaume. (De Ségur, t. I, p. 117, 118.) Au commencement d'octobre, alors que les vivres ne manquaient pas aux troupes, la difficulté de faire vivre les chevaux, qui expiraient d'inanition, était très grande ; on ne savait comment les nourrir, et pourtant on n'était pas encore arrivé au moment le plus défavorable de l'année. (Thiers, t. XIV, p. 448.)

me restait plus que dix hommes montés
de ma compagnie ; les autres étaient
de même les premiers jours d'octobre.
Nous avons eu une grosse bataille sur
cette route (1) ; l'ennemi avait une
belle position. Nous fûmes obligés de
bivouaquer en présence l'un de l'autre.
Là, les vivres nous ont entièrement
manqué, nous ne mangions que du
cheval. J'avais par exemple une grande
douceur : mon domestique m'avait
amené de Moscou une voiture chargée
de café, sucre et vin (2). Le vin a été

(1) Il s'agit peut-être du vif engagement de
cavalerie qui eut lieu le 29 septembre vers
Czerikowo, ou de celui du 4 octobre, près de
Winkowo, à moins que ce ne soit une allu-
sion au combat de Winkowo du 18 octobre,
sur lequel notre capitaine donne des détails
un peu plus loin. (*Voir* de Ségur, t. II, p. 76.)
(2) Lors de l'incendie de Moscou, on permit aux soldats le pillage des maisons incendiées, et il fut convenu qu'ils pourraient
s'approprier ce qu'ils auraient arraché aux
flammes ou ce qui aurait échappé au désas-

tôt bu, mais il me restait à peu près
six cents livres de sucre et de café, ce
qui me faisait une grande provision,
même après en avoir donné aux camarades. J'en buvais jour et nuit. Tu
ne peux te figurer le bien qu'il m'a
fait, il m'a, je crois, sauvé. Pour nos
chevaux, nous allions chercher de la
paille pour eux jusqu'à cinq ou six

tre. L'habitude du pays étant de s'approvi-
sionner pour plusieurs mois, à cause de la
longueur de l'hiver, on découvrit dans les
caves des maisons détruites quantité de den-
rées, blé, vin, sucre, café, viande. En outre,
dans les maisons que le feu n'avait ravagé
qu'en partie, les troupes purent s'emparer
des vêtements, de l'argenterie, des objets
précieux. Aussi chacun avait fait sa provision
de vivres et de butin, et l'armée, à sa sortie
de Moscou, avait offert le plus singulier
spectacle. On n'avait jamais vu pareille masse
de bagages. La plupart des officiers s'étaient
emparé des voitures légères des Russes pour
les charger de vivres et de vêtements. (*Voir*
Thiers, *Histoire du Consulat et de l'Empire,*
t. XIV, p. 386, 462.)

lieues, et cela tous les jours. Ces fréquents voyages les tuaient autant que le manque de vivres, et encore fallait-il y aller armés et toujours se battre. Triste existence! Tout le temps que nous avons été là, c'était la même répétition. Ma santé n'en souffrait pas, elle était soutenue par ma gaîté. Là, j'ai reçu la croix.

Tous les jours on parlait de paix; nous nous bercions dans cette chimère, l'espoir de la réalité nous faisait passer des moments agréables. Mais tout à coup quel changement! Le 18 octobre, à neuf heures du matin, au moment où on allait partir pour fourrager, une nuée de Cosaques tombent sur nous. La quatrième division de cuirassiers, toute la troupe Segin était déjà culbutée; on se retirait en désordre (1). Mon lieutenant me

(1) Combat de Winkowo. Le 18 au matin, le général Sébastiani avait été assailli à l'im-

dit : « Voyez-vous, capitaine ? regardez donc ? les voila tout près. » Mes chevaux étaient dessellés (1), je dis à mes domestiques : « Arrangez vite mes chevaux, je me charge de celui-ci » (c'était celui que je devais monter). « N'ayez pas peur, leur disais-je, n'oubliez rien, ils ne viendront pas jusqu'ici. » Mais alors je parlais bien contre ma pensée. Ce-

proviste. Pendant que l'on comptait sur la parole verbale des Russes de ne pas engager les hostilités sans prévenir, ils avaient fait avancer secrètement leur cavalerie dans un bois qui se trouvait entre les deux camps. (Thiers, t. XIV, p. 456, 457, 458, 459.)

(1) Le roi de Naples, Murat, était à pied au moment de la surprise, il se hâta de monter à cheval et chargea les Russes avec sa bravoure accoutumée. Grâce aux brillantes charges de cavalerie qu'il exécuta et aux fausses manœuvres des Russes, qui montrèrent quelque hésitation, il put se replier sain et sauf, vainqueur autant que vaincu, et maître de la route de Moscou. (*Victoires, conquêtes, etc.*, p. 240, 241 ; Thiers, t. XIV, p. 459.)

pendant je savais bien que quand on se presse trop, on va un peu plus vite et on ne fait rien de bien. Enfin nous nous formons en bataille. Les pièces tirent à mitraille dessus, rien ne les arrête. Ils étaient trop de monde. Je fais vite partir mes chevaux de main sur le derrière, et très vite. Nous sommes forcés de nous retirer, mais en ordre. Le boulet tombait dans les ràngs comme la grêle. Leur troupe ne pouvait nous entamer; mais une heure après nous étions pris par derrière, par devant et peu après sur les flancs : en un mot, il nous a fallu faire feu de tous côtés. Partout on ne voyait que Cosaques, la terre en gémissait. Mais leur grand nombre ne nous a point épouvantés, et si nous nous sommes sauvés dans cette rencontre, ce n'est point au hasard non plus qu'à la fortune que nous en sommes redevables. mais seulement à notre fermeté. Nous nous sommes retirés en bon ordre.

Sur les trois heures après midi le canon cessa un peu, l'ennemi ne paraissait plus nous suivre avec autant d'acharnement. Je marchais derrière le régiment qui marchait en colonne par pelotons, je me trouvais sans avoir de compagnie, vu que le régiment n'était fort que comme une compagnie, je causais de toutes ces choses avec mes camarades et j'appuyais fort sur le mécontentement que j'avais que des brigands comme les Cosaques causaient une frayeur à beaucoup de soldats. La division marchait réunie. Dans le même instant j'aperçois quatre Cosaques qui pillaient une voiture à deux cents pas de moi. Le feu du hasard me monte à la tête ; je dis au commandant : « Je veux prouver que quatre Cosaques ne sont rien pour un bon soldat. » Je pars dessus au galop et parviens à les mettre en fuite ; je les poursuis à trois cents pas, je provoque l'officier, qui parlait allemand, de mêler son sabre avec le mien. Il jure de me tuer, je lui ris au nez. Je cours sur lui, il se jette dans ses Cosaques. Le commandant (brave soldat) venait à mon secours, je le priai de se retirer parce qu'il n'était pas assez bien monté pour supporter une charge qui n'allait pas tarder à avoir lieu. Il me crut et se retira. Voyant qu'il était hors de danger, aussitôt, sans consulter que mon courage, je me précipite au milieu des Cosaques pour me faire charger, étant sûr que mon cheval courrait plus vite que les leurs. Je me retirai de suite à la charge. Après avoir battu en retraite deux cents pas, je regarde en arrière et les vois en file et éloignés à peu près à quinze pas les uns des autres. Je retourne bride, fonds dessus, coupe la figure au premier et, sans m'arrêter, j'en fais autant au second. Le troisième prend la fuite. Je le poursuis la pointe au dos ; mais malheureusement mon sabre ne valait rien, il ne pouvait pénétrer la peau de mouton dont il était vêtu. D'autres viennent m'entourer. Un me donne un coup de lance sur la tête, brise mon casque et le fait tomber; je le rattrape par la crinière, et pendant ce temps un autre me passe sa lance au travers de la cuisse. Je ne sentais pas mon mal tant j'étais animé, je ne bisquais que contre mon sabre. Je me jetai de nouveau au milieu d'eux, j'étais déjà secondé par d'autres qui venaient à mon secours (car ils étaient déjà une quinzaine); nous les fîmes battre en retraite un quart de lieue et la nuit est venue. J'ai perdu dans cette affaire un de mes amis, un capitaine du troisième de cuirassiers qui n'était pas assez au fait des manœuvres des Cosaques. Le colonel me fit des reproches et me dit que je voulais donc être toujours hussard parce que j'avais été là pour mon plaisir. Ma blessure, quoique profonde, a très bien tourné. J'ai déchiré le devant de ma chemise pour l'envelopper, mais j'ai toujours monté à cheval et ai été guéri au bout de dix jours. Les Cosaques battus furent poursuivis au delà d'une petite ville, sur le chemin d'Ukraine, qui fut brûlée (1). Ensuite nous remportâmes une victoire nouvelle (2). Le 20, changement de direction pour rejoindre la grande route de Moscou à Smolensk (3). Nous eû-

(1) C'est peut-être Woronowo, petite ville sur laquelle Murat se replia après le combat de Winkowo. (Thiers, t. XIV, p. 459.)

(2) Probablement la victoire de Malo-Jaroslawetz, le 24 octobre. (Voir *Victoires, conquêtes, etc.*, t. XXI, p. 244.)

(3) En donnant cette date du 20, notre auteur doit avoir commis une erreur, sa mémoire lui aura fait défaut. La victoire qu'il signale immédiatement auparavant ne peut guère être que celle de Malo-Jaroslawetz, et le lendemain de cette victoire, qui eut lieu le 24, les Russes, malgré leur échec, continuant à nous barrer le chemin, l'armée fut obligée d'obliquer à droite et d'aller rejoin-

mes du mauvais temps, des chemins
de traverse et beaucoup de marais.
Le 21, continuation de route, at-
taques successives des Cosaques qui
voulaient prendre Napoléon et nous
couper la retraite (1). Le lendemain 22,
nous mîmes le feu à au moins vingt
mille voitures de cantiniers et d'autres
chargées de sucre, café, etc., qui en-
combraient la route et gênaient le
passage. Ce jour, le comte de Lobeau
changea de voiture contre une petite
que j'avais. La sienne était superbe ;
elle avait coûté au moins cent louis,

dre la grande route de Moscou à Smolensk.
(*Victoires, conquêtes, etc.*, t. XXI, p. 249.) En
outre, il est parlé un peu plus bas de 20,000
voitures de cantiniers incendiées le 22, et, se-
lon de Ségur, ce serait le 26 que cette destruc-
tion aurait eu lieu. (De Ségur, t. II, p. 156.)

(1) Le rêve constant des Cosaques était
d'enlever Napoléon et de l'emmener à Moscou, et il courut de ce côté un danger per-
sonnel le lendemain de la bataille de Malo-
Jaroslawetz. (Thiers, t. XIV, p. 481.)

mais il la trouvait trop pesante, et comme j'avais de forts chevaux, elle me convenait parfaitement. Je l'avais remplie de café et de sucre, de pièces de drap et cachemires, etc.; mais un jour, en descendant une montagne, une maudite pièce de canon qui n'était pas enrayée et que les chevaux descendaient au galop, une roue en attrapa une de ma voiture et la brisa. Je fus donc obligé de la laisser avec ce qui était dedans. Dans la suite je n'en fus pas fâché, car il aurait toujours fallu que je la laissasse, et j'aurais eu du mal de plus. Une fois que nous eûmes gagné la grande route, chacun marchait à peu près pour son compte (1). On avait cependant formé

(1) « Il semblait que chaque corps d'armée » marchât pour son compte, qu'il n'y eût » point d'état-major, point d'ordre général, » point de nœud commun, rien qui liât » tous les corps ensemble. » (De Ségur, t. II, p. 158.)

une arrière-garde, mais qui ne pouvait durer longtemps, attendu que la colonne en masse sur la route ravageait et brûlait le peu qui restait (1). On envoyait des compagnies de flanqueurs à quatre ou cinq lieues des deux côtés de la route pour brûler les villages qui restaient. L'avant-garde était presque toujours chargée de cette mission. Juge de là comme tout le reste de l'armée devait souffrir! Nous marchions tout le jour, heureux quand nous avions un morceau de cheval pour soutenir nos forces épuisées. Lorsque la nuit était arrivée, nous cherchions un endroit qui fût un peu abrité du vent et à portée d'avoir un peu de bois. On se couchait alors: les pauvres chevaux couchaient comme nous sur la neige, et n'avaient sou-

(1) On détruisait tout sur la route, soit par représailles, soit par nécessité, pour ruiner l'ennemi et ralentir sa marche. (De Ségur, t. II, p. 152.)

vent rien à manger (1). Le lendemain
on partait de bonne heure et on se
trouvait heureux lorsqu'on échappait
aux Cosaques. Voilà ma vie pendant
deux mois. En arrivant à Smolensk (2),
j'avais encore tous mes chevaux, j'a-
vais fait de grands sacrifices pour les
sauver, ils étaient les plus beaux de
l'armée, et à coup sûr les meilleurs.
J'étais désespéré pour y trouver à

(1) Les soldats, tourmentés par la faim,
couraient auprès d'un cheval aussitôt qu'il
était tombé, et, comme des chiens affamés,
s'en disputaient les lambeaux. Ils avaient
toutes les peines du monde à avoir du bois,
la neige l'avait fait disparaître. (*Victoires,
conquêtes, etc.*, t. XXI, p. 257.) Les chevaux,
qu'on avait eu tant de peine à nourrir, comme
nous l'avons dit, même dans la belle saison,
n'eurent plus rien à manger quand la neige
couvrit la terre.

(2) Napoléon était à Smolensk avec la
garde impériale depuis le 9 novembre; les
autres corps y étaient successivement entrés
le 10, le 11, le 12, le 13. (Thiers, *Histoire
du Consulat et de l'Empire*, t. XIV, p. 551.)

placer mes chevaux (1). Il était nuit et j'étais décidé à passer outre pays pour tâcher de trouver une hutte pour, en la découvrant, avoir le chaume, afin d'empêcher mes chevaux de mourir d'inanition. Le hasard me servit complètement. J'étais à l'avant-dernière maison du faubourg, lorsque j'entendis des militaires qui se disputaient pour loger (c'étaient des hussards du dix-huitième régiment). Je frappai. Aussitôt un domestique vint me reconnaître, je me dis capitaine (je dois te dire que c'était le logement d'un colonel de hussards polonais qui était absent, et que ses domestiques étaient restés seuls pour garder les

(1) On comprend bien la peine qu'il avait dû en coûter à notre capitaine pour conserver tous ses chevaux, quand on sait qu'à ce moment l'armée était presque sans cavalerie, sans artillerie et sans transports, que plus de 30,000 chevaux avaient péri en peu de jours. (29e bulletin de la Grande-Armée. p. 378 du t. XXIV de la *Correspondance de Napoléon Ier*.)

vivres pendant le temps d'une affaire
à finir). Il me fit entrer en se recom-
mandant à moi au nom de son maître.
Je lui demandai s'il avait une écurie
pour mes chevaux et des fourrages.
Sur son affirmation, je mis de suite à
la porte les hussards, je plaçai mes
chevaux et m'établis dans une bonne
chambre. J'avais à boire et à manger
comme je voulais, ainsi que mes chevaux. J'y restai deux jours. Ce fut un
grand bonheur pour moi, car j'avais
dans ce moment les pieds bien gelés.
La cuisinière du colonel me servait,
elle était très belle femme. Cependant
elle ne fit pas la moindre impression
sur moi, mon cœur était de glace.
Enfin je ne partis que quand j'y fus
forcé par l'arrivée des Russes. Les
Français firent sauter la ville par le
moyen des mines (1). Il s'y trouvait

(1) Napoléon, en quittant Smolensk, avait
donné ordre de faire sauter les fortifications,
de brûler les magasins et de détruire toute

encore beaucoup d'officiers malades
ou blessés : n'importe, c'était nécessaire. Hélas ! je plains ces milliers de
victimes. C'est malheureusement le
sort de la guerre. Rien de nouveau
jusqu'à la Bérézina (1) C'est là enfin
que je perdis ce qui m'avait tant coûté
à conserver, excepté un cheval qui
m'a été volé à Vilna (2). La division
de cuirassiers du général Doumerc (3)
venait de faire. . . . .

l'artillerie qu'on ne pourrait pas faire suivre,
ce qui fut exécuté le 17 novembre. (*Victoires,
conquêtes, etc.*, t. XXI, p. 274; Thiers, t. XIV,
p. 571.)

(1) La Bérézina fut franchie sur deux ponts
à Studianka, les 26, 27 et 28 novembre.
(Thiers, t. XIV, p. 608 et suiv.)

(2) Les Français arrivèrent à Wilna les 8
et 9 décembre pour en repartir le 10; ils
furent forcés d'évacuer la ville par l'arrivée de
l'armée russe. (Thiers, t. XIV, p. 654 à 661.)

(3) Les cuirassiers du général Doumerc
furent au nombre de ceux qu'on fit passer
sur l'autre rive de la Bérézina dès qu'un des
deux ponts fut prêt. (Thiers, t. XIV, p. 608.)

.   .   .   .

.   .   .   .

.   .   .   .   (Le reste de la
lettre manque.)

———~~~~———

APPENDICE

———

Par suite de la perte d'un ou de
plusieurs feuillets, la lettre de notre
capitaine s'arrête au passage de la
Bérézina. Nous nous permettons
d'ajouter quelques pages pour la com-
pléter et pour faire connaître briè-
vement au lecteur l'itinéraire qu'il a
dû suivre pour arriver à Hildesheim.
L'armée, en arrivant à la Bérézina,
offrait le plus triste des spectacles :
« Généraux, officiers, soldats, tous

4

étaient dans le même accoutrement,
et marchaient confondus. L'excès du
malheur avait fait disparaître tous les
rangs; cavalerie, artillerie, infanterie,
tout était pêle-mêle.... Qu'on se figure, s'il est possible, soixante mille
infortunés, les épaules chargées d'un
bissac, et soutenus par de longs bâ-
tons, couverts des guenilles les plus
sales et les plus grotesquement dis-
posées, fourmillant de vermine et li-
vrés à toutes les horreurs de la faim.
Qu'à ces accoutrements, indices exté-
rieurs de la plus affreuse misère, on
joigne des physionomies affaissées
sous le poids de tant de maux; qu'on
se représente ces hommes, pâles,
couverts de la terre des bivouacs,
noircis par la fumée, les yeux caves
et éteints, les cheveux en désordre, la
barbe longue et dégoûtante (1). » Il

(1) *Victoires, conquêtes, etc.*, pages 284
et 285; relation du sieur René Bourgeois.

y eut cependant parmi nos soldats
quelques hommes capables d'envi-
sager ces horreurs sans effroi ; qui,
malgré les événements, conservèrent
toujours une imperturbable fermeté,
et, comme le montre la lecture de sa
lettre, notre capitaine avait un caractère assez fortement trempé pour être
de ceux-là. Les Russes occupaient
tous les passages de la Bérézina ; le
général ennemi avait placé ses quatre
divisions dans différents débouchés,
où il présumait que l'armée française
voudrait passer. De plus, les bords
de cette rivière sont couverts de marais qui en font un obstacle difficile à
franchir, et elle charriait de gros gla-
çons (1). Quoique exténuée et anéan-
tie, l'armée, s'il l'eût fallu, aurait com-
battu avec toute l'énergie que donne
le désespoir pour forcer les Russes, à

(1) 29ᵉ bulletin de la Grande-Armée ; *Correspondance de Napoléon Iᵉʳ*, tome XXIV,
pages 379 et 380.

livrer passage; mais elle ne fut pas réduite à en venir à cette extrémité. Par une feinte démonstration, Napoléon trouva moyen de tromper le chef des ennemis, qui plaça ses troupes au-dessous de Borisow, où l'on faisait de faux préparatifs, comme si l'on eût voulu franchir la rivière sur ce point. Pendant ce temps, grâce au dévouement du général Eblé et de ses pontonniers (1), on parvenait à jeter deux ponts vis-à-vis du village de Studianka, à trois lieues en amont de l'endroit sur lequel les Russes avaient concentré leur attention. On peut supposer que notre capitaine passa la Bérézina dès le 26 novembre au soir, sur le pont des piétons et des cavaliers, à la suite des cuirassiers du général Doumerc, et que ce même jour, ses chevaux et ses bagages, pas-

(1) Thiers, *Histoire du Consulat*, etc., tome XIV, pages 605 à 608.

sant sur le pont des voitures qui se rompit, furent précipités dans la rivière, en sorte qu'il lui resta seulement pour tout bien le cheval sur lequel il était monté. L'armée employa à s'écouler d'une rive à l'autre les journées du 27 et du 28 ; le transbordement se fit avec assez de lenteur par suite de divers incidents. Le 29 au matin, à l'arrivée des Russes, il fallut mettre le feu aux ponts, abandonnant une foule de traînards qui n'avaient pas pu ou plutôt pas voulu passer la veille (1). La Bérézina franchie, on prit le chemin de Molodeczno pour aller rejoindre la route de Wilna. Cette portion du pays n'est qu'un vaste marécage ; l'armée le traversa sur trois ponts de bois consécutifs, faits de sapin résineux. Si les Russes avaient eu la pensée de les incendier,

(1) De Ségur, *Histoire de Napoléon et de la Grande-Armée*, tome II, pages 367 à 373.

ils auraient arrêté à jamais la marche de notre armée : prise entre les marais et la rivière, manquant de tout secours, elle eût été forcée de se rendre sans combat (1).

L'armée commença à arriver à Molodeczno le 2 décembre, et comme il y avait quelques vivres et des fourrages, elle y resta jusqu'au 4, afin de donner aux isolés le temps de rejoindre, et aux combattants le temps de se réunir. Là, Napoléon songea à quitter l'armée, et il mit son projet à exécution à Smorgoni, la nuit du 5 décembre, laissant le commandement en chef à Murat. Le principal motif de son départ fut qu'il craignit qu'une ligue ne se formât contre lui quand on apprendrait son désastre encore inconnu, et qu'à 400 lieues de ses frontières, n'ayant que quelques soldats exténués pour le protéger au

(1) De Ségur, tome II, pages 374 et 375.

milieu de peuples enclins à la révolte, son retour à Paris ne devint impossible (1). A cette époque, le froid, déjà excessif, augmenta encore, et le thermomètre descendit à 30 degrés Réaumur; la souffrance de l'armée fut à son comble.

L'armée atteignit Wilna les 8 et 9 décembre. La désorganisation qui régnait parmi les troupes était telle, que, pendant plus de dix heures, on s'écrasa aux portes, on se battit, on s'étouffa, et bon nombre périrent, sans que personne essayât d'établir un peu d'ordre. Puis, une fois qu'ils furent entrés dans la ville, l'autorité fut impuissante à contenir les soldats. Ils savaient tous que Wilna avait pour trente jours de vivres, qu'ils devaient y trouver l'abondance et le dédommagement de leurs longues

(1) Thiers, tome XIV, pages 642 à 650; *Victoires, conquêtes, etc.*, tome XXI, pages 301, 302.

souffrances. Ils demandaient à grands
cris du pain et de la viande, et voulaient une distribution immédiate,
tandis que les commis et les adminis-
trateurs, craignant pour leur respon-
sabilité, ne voulaient pas ouvrir les
magasins, et renvoyaient chacun à son
régiment qui n'existait plus. Furieux,
ils se vengèrent sur les particuliers
qui s'étaient barricadés chez eux, en-
foncèrent les maisons pour s'y loger
et les piller. Napoléon n'était plus là
pour faire cesser le désordre, et Murat,
qui commandait à sa place, était im-
puissant. Enfin le calme commençait
à se rétablir et nos soldats allaient
profiter des ressources rassemblées
dans la ville et se reposer, quand, le
9 au soir, l'avant-garde russe pa-
rut (1). Personne ne commandait à
Wilna, et elle était en somme à la

(1) Thiers, tome XIV, pages 655 et 656;
de Ségur, tome II, page 414 et suivantes.

merci des ennemis; il fallut l'évacuer dans la journée du 10. Quelques jours auparavant, cette ville comptait une garnison de 25,000 hommes de troupes fraîches, mais on avait voulu les envoyer au-devant de ceux qui avaient passé la Bérézina, pour les protéger contre les Russes. Sortant des chambres surchauffées de leurs casernes, pour affronter un froid terrible, elles n'avaient pu résister, et la plupart avaient péri. Vingt mille des nôtres, blessés ou affaiblis, furent abandonnés dans Wilna. Une partie d'entre eux eurent une fin cruelle : pour s'attirer la bienveillance des Russes, et aussi par cupidité et par haine, les Lithuaniens, que nous avions abandonnés après les avoir tant compromis, les dépouillèrent de leurs habits et les jetèrent nus et mourants dans la rue (1).

(1) De Ségur, tome II, pages 419 et 420; *Victoires, conquêtes, etc*, tome XXI, pages 303 à 305.

En se retirant, l'armée perdit le reste
de son matériel, ainsi que 5 millions
d'or et d'argent du trésor impérial.

Les 10, 11 et 12 décembre furent
employés à parcourir la distance qui
sépare Wilna de Kowno. Comme on
ne pouvait disputer aux Russes cette
dernière ville, les troupes en pillèrent
les magasins et continuèrent leur
marche. Elle fut complètement aban-
donnée par les Français dans la nuit
du 15. Le Niémen fut franchi facile-
ment; les trois ponts sur lesquels
nous l'avions passé étaient encore
debout : d'ailleurs ils étaient inutiles,
car le fleuve gelé pouvait être traversé
n'importe sur quel point. L'armée
française était enfin hors du territoire
russe, les Cosaques poursuivirent
cependant nos soldats quelques lieues
au delà du Niémen, puis revinrent
sur les bords du fleuve (1). L'expé-

(1) Thiers, tome XIV, pages 663 à 668.

dition, de Russie était terminée. Suivant les calculs de Thiers, trois cent mille hommes y avaient péri.

Après avoir franchi le Niémen, notre capitaine, qui paraît pendant toute la campagne avoir suivi la fortune de Murat, dut atteindre avec lui Gumbinnen et y rester plusieurs jours (1). De là, il aura fait route vers Kœnigsberg, où le quartier général était avec la garde le 31 décembre (2). Il dut bientôt quitter cette ville (3), car, le 3 janvier, Murat était à Elbing. Il comptait y refaire une armée, rêvait même une victoire, et l'occupa jusqu'au 11 (4). Notre capitaine alla ensuite à Posen, en passant par Marienwerder. Murat quitta Posen le 16 janvier pour retourner dans son royaume.

(1) De Ségur, tome II, page 436.
(2) *Victoires, conquêtes, etc.*, tome XXI, page 313.
(3) Thiers, tome XV, pages 188 et 189.
(4) De Ségur, tome II, page 468.

Après le départ du roi de Naples, l'auteur de la lettre fit route vers Hildesheim, probablement par Glogau et Freistadt où, huit mois auparavant, il avait reçu son brevet de capitaine. Il dut arriver à Brunswick vers la fin de janvier. Là, comme il nous l'apprend lui-même au commencement de son récit, le régiment reçut l'ordre de former les cadres de trois compagnies, ce qui s'exécuta bientôt dans le cantonnement d'Hildesheim.

Notre capitaine dut faire partie de cette cavalerie réorganisée par le général Bourcier dans le Hanovre (1), qui se remit lentement en campagne en avril 1813.

(1) Thiers, tome XV, pages 438, 444, 448.

FIN

36. — Poitiers, Imp. G. Guillois, rue Victor-Hugo.